杨自明 著

比天更高太陽

自知之明诗编

中国书籍出版社
China Book Press

图书在版编目（CIP）数据

笑看夕阳 : 自知之明诗编 / 杨自明著 . -- 北京 :
中国书籍出版社, 2024. 11. -- ISBN 978-7-5241-0163
-5

Ⅰ . I227

中国国家版本馆 CIP 数据核字第 2025XR9015 号

笑看夕阳 : 自知之明诗编

杨自明　著

责任编辑	王　淼
责任印制	孙马飞　马　芝
装帧设计	悟阅文化
出版发行	中国书籍出版社
地　　址	北京市丰台区三路居路 97 号（邮编：100073）
电　　话	（010）52257143（总编室）（010）52257140（发行部）
电子邮箱	eo@chinabp.com.cn
经　　销	全国新华书店
印　　刷	三河市华东印刷有限公司
开　　本	787 毫米 ×1092 毫米　1/16
字　　数	121 千字
印　　张	15.75
版　　次	2025 年 3 月第 1 版　　2025 年 3 月第 1 次印刷
书　　号	ISBN 978-7-5241-0163-5
定　　价	78.00 元

2001 年 4 月作者在威海

2013 年 12 月作者在西岭雪山

2016 年 8 月作者在俄罗斯

2017 年 3 月作者在美国

2018 年 12 月作者在庐山

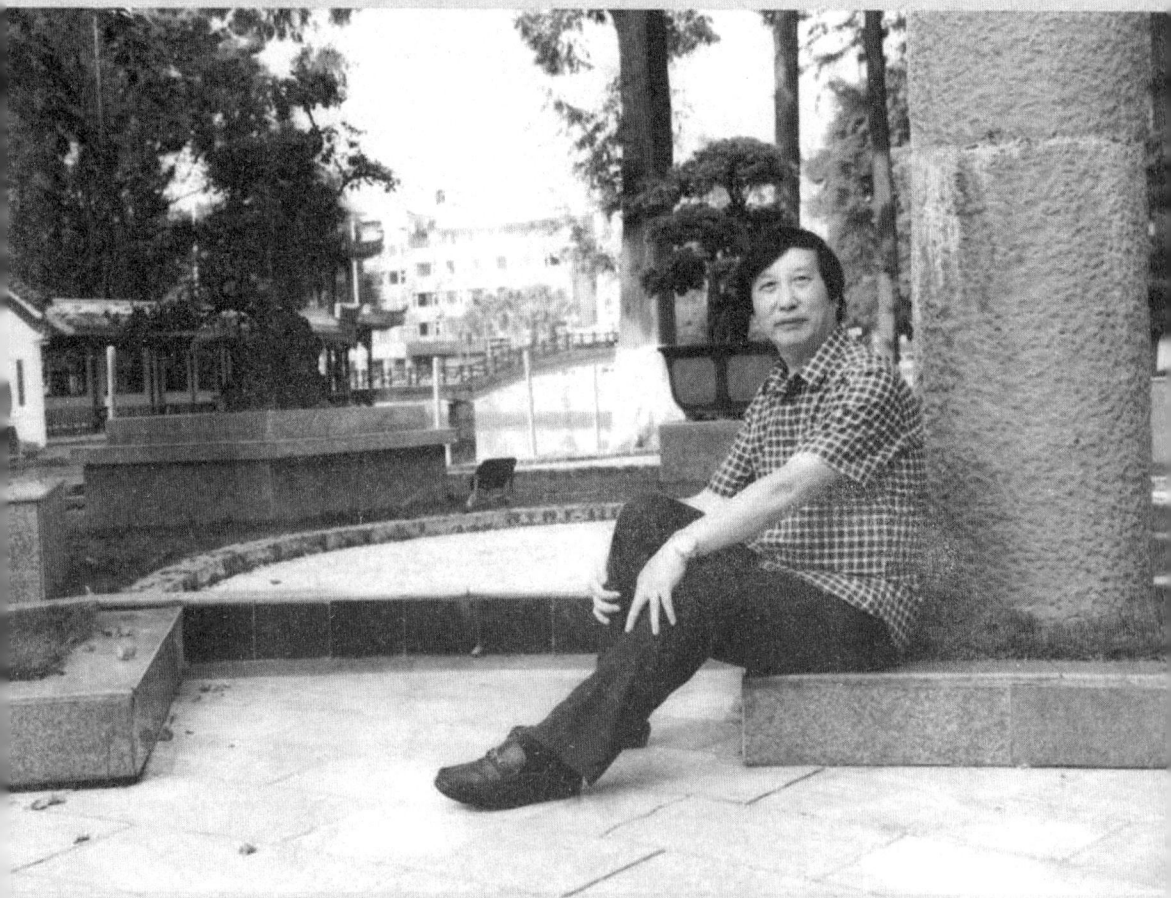

2023 年 8 月作者在温江

当岁月消逝，是什么让人生之歌依旧动人？（序）

人生是一场漫长的旅行，而那些浮名和所追之物，终将随岁月而流逝，只有我们对世界的认知和对生活的感悟所形成的思想或构筑的精神宇宙，才能够铸造出美丽的歌而永远留存。读杨自明先生的《笑看夕阳·自知之明诗编》，如饮了一杯特质的浓茶，醇厚、悠长、回味无穷，他对世界的认知层次、生活的思考深度、人生意义的独到理解，令人叹服，使我们在岁月的流逝中感受到世界的奇妙与人生的美好，让处于生活深度中的我们能在心灵深处获得一份空前的宁静与释然。

《笑看夕阳·自知之明诗编》，是一本以七律七绝形式书写的格律诗集。现代作家闻一多在《诗的格律》一文中说："恐怕越有魄力的作家，越是要戴着脚镣跳舞，才跳得痛快，跳得好。只有不会跳舞的才怪脚镣碍事，只有不会作诗的才感觉得格律的束缚。对于不会作诗的，格律是表现的障碍物；对于一个作家，格律便成了表现的利器。"可见，这样的创作并不是每个人都能够完成的。这种"舞蹈"需要舞者在严格的规则和限制中寻找自由，展现出优美的舞姿。同样，格律诗的创作也需要诗人在严格的格律规则中找到自己的创作空间，通过精巧的文字运用，表达出深刻的情感内质和思想内涵。

杨自明先生行吟山水、关注巴蜀风物、感悟自省人生。这些诗，或温柔细腻，或激昂有力，它们像是一面面镜子，映照出他内心的世界。有关作者出生地四川省旺苍县木门镇的创作，更是占据了重要篇幅，如《叹木门》《木门学子赞》《情洒木门》《踏访木门禹王宫旧址》《又登木门五岳》等。杨自明先生出生于木门镇天星村，1973年初中毕业回乡一年后还担任过本村的民办教师。这座始于秦汉的川北边陲古老城镇，在作品中以不同的形式和面貌出现，或作为故事发生的舞台，或成为作者抒发情感的催化剂，如"五马飞腾青岳壮，三龙环抱碧澜滔""子女恸哭惊五马，孙儿跪拜感三波"。作者对家乡的深刻记忆和浓厚情感，使得这个地方在他的笔下焕发出独特的光彩。从山川地貌到风土人情，从历史传说到现实变迁，仿佛我已置身那个充满魅力的小镇，感受着那里的生活节奏和人文情怀。

在文学和艺术的创作过程中，创作者的个人品质与其作品之间存在着一种深刻的内在联系。这种联系使得作品不仅仅是文字或图像的组合，更是创作者内心世界的真实反映。因此，我们常常可以观察到，一个人的人品、价值观、情感态度以及生活经验，都会在其作品中得到体现，所以我在这本诗集里，读到了作者与其作品的自洽。这是作者在现实生活中的经历、感受和思考的结晶。

哪怕是旧体诗，杨自明先生这种真挚的态度和深刻的洞察力，仍使得作品具有了强烈的感染力和说服力。它传递了作者对于人生的真切感悟，让读者在欣赏文学艺术的同时，也能感受到作者作为一个人，一个有血有肉、有情有义的生命个体，所展现出的人格魅力。

写诗，它往往被比喻为一种孤独而艰辛的修行，就像那些在尘世之外寻求精神升华的苦行僧一般。杨自明先生跋涉在无尽的文字沙漠中，笑看着夕阳，创作出触动人心的诗篇。在这个快速变化的时代，新的思想和观念层出不穷，杨自明先生努力让自己的诗歌不仅仅停留在传统的韵律和意象上，而是更能够反映当下社会的脉动，把握时代的脉搏。

我们应该感谢他，他的作品让我们再次感受到这个世界的广阔与其内核的深邃，无疑值得大家深度。

是为序。

林国清

2024年3月春，写于雪峰山下的平溪江畔

目录

XIAO
KAN
XI
YANG

XIAO
KAN
XI
YANG

XIAO
KAN
XI
YANG

XIAO
KAN
XI
YANG

XIAO
KAN
XI
YANG

七 律

秋 吟

秋色秋烟满目秋，
何将自己锁孤楼？
堪怜桌上三杯酒，
难解心湖半缕愁。
江海云峡消苦闷，
曙光雪月咏风流。
羡学缱绻芸芸鸟，
总向林泉唱不休。

2018 年 9 月 25 日于雅安

七　律

故园秋

半生总在外乡游，
一半欢心一半愁。
草异花新千景放，
天高地阔百川流。
满尝南北山村味，
遍踏西东闹市楼。
阅尽神州今古美，
亲香还是故园秋？

2018 年 9 月 26 日于旺苍

七 律

游 红 原①

闲驰千里踏凝霜，
正遇潇潇细雨忙。
霁月光风云彩美，
金秋阳景野花香。
扬帆草海心田醉，
纵马莽原诗意狂。
数度徜徉情浪卷，
藏羌锦绣忆茫茫。

2018 年 9 月 28 日于马尔康

注释：

①红原，即红原大草原，位于四川省阿坝藏族羌族自治州中部，素有"高原金银滩"之称。

七 律

最 忆

曾到欧洲数日游，
西洋风景两眸收。
白肤蓝眼黄毛卷，
大海长天碧水流。
酒绿灯红千堡艳，
金迷纸醉几人悠？
遍观异域繁华界，
最忆故国金色秋。

2018 年 10 月 5 日于九寨沟

七 律

夕阳看景

人生远旅雨风多，
往事桩桩满忆河。
自古成功谋里取，
从来擂主智中夺。
浮名岁月终流尽，
愁苦年华必铸歌。
笑把茗壶言胜败，
闲摇月扇看银波。

2018 年 11 月 10 日于宜宾

七　律
北国冬旅

又来恰遇九冬风，
一望茫茫玉雪浓。
碧落无闻鹏鸟啸，
莽原不见小虫嗡。
丛林瘦虎雄心旺，
闹市闲翁志气鸿。
广袤方圆无尽景，
何愁峻岳几重重。

2018 年 12 月 22 日于哈尔滨

七 律

游 康 巴

隆冬潇瑟正风寒，
邀友约朋游蜀甘。
一路笑谈一路爽，
半天颠簸半天闲。
夕阳西下跳圈舞，
旭日东升遛雪湾。
藏地景光无限美，
康巴独恋满心甜。

2018 年 12 月 25 日于康定

七　律

叹木门①

闲坐桥头吟五岳②，
漫游渡岸叹三河③。
山环水抱风光好，
古往今来故事多。
蜀汉魏延④书战史，
大唐李杜⑤赋诗歌。
小康建设添华彩，
百姓今朝唱瑞和。

2019 年 2 月 6 日于旺苍木门

注释：

①木门，指四川省广元市旺苍县木门镇，曾名禹门、东藩、东凡。是川北边陲一座始于秦汉的古老城镇，地理位置十分特殊，自古就是兵家必争之地。尤其是三国时期，蜀魏相争留下了许多遗迹和传说。中国工农红军红四方面军"木门军事会议会址"木门寺就坐落在旺苍

县东南。

②五岳，指拱卫木门的青龙、凤凰、双桂、双山、丹青五座山峰。

③三河，指交汇于木门的清江、柏树、金鱼三条河流。

木门自古就有"五马奔槽""三龙环山"之说，实乃一风水宝地。

④魏延，即三国时期蜀汉名将。蜀魏多次鏖战木门，木门寺北的"射郃坪"传说为魏延伏兵乱箭射死张郃及部将之地。

⑤李杜，即李白、杜甫。

唐乾元元年，诗仙李白在其好友郗昂谪任青化县尉时（隋唐至宋代木门镇为清化县治），题写了《送郗昂谪巴中》的送别诗。

唐乾元二年十二月，大诗人杜甫由阆中前往巴州途经木门古道时，与友人、巴州刺史羊士谔等同登青龙、双桂二山，题咏了长诗《陪王侍御同登东山最高顶宴姚通泉，晚携酒泛江》。

七　律

土屋池塘井水

池塘岸畔品青春，
一面垂竿一面吟。
鱼恋清波微浪卷，
儿思父老感情纷。
土屋藏放少年忆，
井水饮牵花甲魂。
海角天涯游历尽，
谁知赤子故乡心？

2019 年 2 月 8 日于旺苍木门

七 律

退休抒怀

退休方获几丝欢，
野鹤闲云弭苦烦。
暮踏华灯撷万景，
晨游江岸看千帆。
轻歌一曲向天放，
淡酒三杯对月眠。
浪迹不失书卷气，
南来北记入诗篇。

2019 年 2 月 12 日于温江

七 律

故友相约

春归草茂又花多，
故友相约笑锦河。
万卷离愁烹逝水，
千层别绪煮流歌。
十年落魄铭心坎，
半世风光随浪波。
把酒闲说遥远事，
潇潇洒洒品甜馍。

2019 年 2 月 15 日于成都

七 律

游邛崃①

携妻邀友踏临邛，
满目春烟细雨蒙。
山水闲游人气旺，
古街漫步笑声浓。
饮茗涛岸观莺燕，
把酒桥头沐柳风。
潇洒夕阳歌盛世，
逸情独赋老顽童。

2019 年 2 月 25 日于邛崃

注释：

①邛崃，指四川省邛崃市，古称临邛，"文君故里"。
自古为"天府南来第一州"，位于成都平原西部、川滇、
川藏公路要塞。中国优秀旅游城市，巴蜀四大古城之一。

七　律

登重庆朝天码头

飞步雄关大码头，
碧波浩浩滚无休。
巴山蜀水一眸尽，
青史人文千载稠。
古恨诸君沉雅乐，
今欣民庶展风流。
彩帆夜竞嘉陵壮，
璀灿繁星照玉楼。

2019 年 2 月 28 日于重庆

七 律

踏 春 风

时光飞逝若流川，
又踏春风度锦年。
老酒怎开愁苦锁，
香烟焉阻寂寥帆。
游山玩水身心爽，
交友结朋岁月欢。
纵马江湖情浩浩，
轻歌浅唱任悠闲。

2019 年 3 月 13 日于雅安

七 律

又回故乡

一别父老走天涯，
半世浮沉总恋家。
曾记英姿红似火，
倏觉瘦影悴无华。
光阴易损离人貌，
苦雨难折思念花。
正好春风知我意，
又回故里访桑麻。

2019 年 3 月 16 日于旺苍木门

七 律

写给发小

半个世纪后与儿时玩伴相逢温江

十岁随亲赴远方，
惊知昨日访温江。
相逢握手看高矮，
落座寒暄问短长。
鸟嘴一壶飞快意，
杜康三盏泻忧伤。
临别不忍先离去，
万缕余情盈眼眶。

2019 年 3 月 22 日于温江

七 律

古乡漫游

春风万里暖洋洋，
红日柔光醉古乡。
漫步街旁杨柳道，
闲游村院小池塘。
河边垂钓戏鱼跃，
峡谷野炊欣鸟翔。
遍地野花争斗艳，
芬芳缕缕入鼻香。

2019 年 3 月 25 日于大邑

七　绝

致五〇一厂技校学友①

记得三线校园飞，
互勉勤耕志气随。
不历"东河"②逐梦苦，
哪来柳岸③凯旋归？

2019 年 3 月 31 日于温江

注释：

①五〇一厂技校，指地处四川省广元市旺苍县的国营东河印制公司（简称东河公司）五〇一厂技工学校，创办于 1976 年，分别从四川的旺苍、射洪、蓬溪三县招收学员 39 名，同年 4 月 20 日举行开学典礼。

②东河，指东河公司。

③柳岸，指温江。

XIAO
KAN
XI
YANG

七 绝

江上闲吟

人生岁月转如梭，
荣辱悲欢忆满河。
万事沧桑一笑过，
闲来摇橹醉流波。

2019 年 4 月 19 日于乐山

七 律

退休随感

退休几载甚为欢，
苦旅风尘已走完。
了却愁烦恩怨事，
远离苦恼是非边。
有吟有饮有安顿，
无虑无忧无挂牵。
凡世浮沉溶老酒，
醉观日月笑长天。

2019 年 4 月 29 日于双流

XIAO
KAN
XI
YANG

七 律

春醉碧峰峡①

又来胜地碧无垠，
一目柔情媚态纷。
八面光风八面景，
两峡云霭两峡人。
远方瀑布从天泻，
近处流莺伴树吟。
惊叹女娲神化伟，
老夫尤醉满峰春。

2019 年 4 月 30 日于雅安碧峰峡

注释：

①碧峰峡，国家 5A 级旅游景区，位于四川省雅安市雨城区。传说是补天英雄女娲所化而成。

七 律

新场古镇①

岁月沧桑染瓦梁，
古今故事印青墙。
西山②雨雪滋灵气，
出水③精魂润景光。
一代清官千载耀④，
半生操守万年芳。
来回信步游深巷，
处处新风扑面香。

2019 年 5 月 2 日于大邑新场古镇

注释：

①新场古镇，位于四川省成都市大邑县，是四川现存规模最大、保存最为完整的古镇，被称为"最后的川西坝子"。

②西山，指西岭雪山。

③出水，指出江。

④一代清官，指李万春，四川资中县人，生于明朝末年，高中"榜眼"后任重庆璧山县令，因其政绩显著被四川总督赞为"百县之楷模"。他忧国忧民，为惩治腐败被罢官免职，愤怒之下投江而去。新场古镇在璧山的商贾们为感恩其廉德在上正街修建了纪念他的璧山寺。

七　绝

游"五月玫瑰园"①

千红万紫笑芳枝，
馥郁扑鼻恨到迟。
突遇雨风花落地，
唯独知己最相思。

2019 年 5 月 6 日于温江

注释：

①五月玫瑰园，位于四川省成都市温江区，是以法国 19 世纪美好年代洛可可艺术风格为基调设计建造的纯正玫瑰庭园，占地 1000 余亩。

XIAO

KAN

XI

YANG

七 律

观何廷远同学南江
摄影作品有感

人说九寨风光好，
我赞南江景更娇。
光雾红枫扬世界，
断渠名气贯云霄。
同窗摄影惊朋辈，
大作精魂腾浪涛。
若有闲暇奔古县，
定随碧水访琼瑶。

2019 年 5 月 8 日于温江

七 律

初迎宗云同学[①]

流金岁月步匆匆，
卅载分别柳岸逢。
落座闲聊追旧貌，
把杯漫饮叹新容。
当年同校英姿飒，
今日共桌白发浓。
风雨沧桑多少事，
哈哈一笑仰苍穹。

2019 年 5 月 12 日于温江

注释：

①为旺苍县东凡初七三级同学蒋宗云初临温江而作。

XIAO
KAN
XI
YANG

七 绝

赞 群 主①

常牵爱犬遛江边，
闲咏谦称小草篇。
棋战鱼凫无败绩，
诗崖文峭敢登攀。

2019 年 5 月 13 日于温江

注释：

①群主，即"旺苍县东凡初七三级同学群"群主方
凤全。

七 律

忆 绵 绵

风雨人生花甲年，
沉浮跌宕忆绵绵。
蹉跎岁月蹉跎苦，
奋勉韶华奋勉欢。
自古消磨无退路，
向来立志有新天。
一腔热血酬鸿愿，
笑枕银盘卧梦甜。

2019 年 5 月 15 日于温江

XIAO
KAN
XI
YANG

七 律

遥贺赵德才同学生日

木门街上俊才郎，
沥胆披肝傲昊苍。
背剑腰刀书志气，
林池商海耀家乡。
立功一向谋求胜，
创业从来敢拓荒。
生日举杯言世事，
甘归苦尽自芬芳。

2019 年 5 月 24 日于温江

七绝二首

陪老父登长城

其 一

八十七岁腿足残，
欲踏长城老志坚。
挥杖轻哼惊万旅，
满颜汗水满颜欢。

其 二

兴衰更替史茫茫，
千古传说叹孟姜。
万里长城宏业伟，
登高望远忆秦皇。

2019 年 5 月 25 日于延庆

XIAO
KAN
XI
YANG

七 律
十年寒窗

勤练精修在故园，
十年踏破万千关。
泥巴沟壑羊肠道，
酸菜红苕稀米餐。
夏热冬寒熬岁苦，
衣薄履陋度学艰。
少时不懂愁滋味，
热血一腔洒素笺。

2019 年 5 月 28 日于温江

七 绝

清 陵 吟

大江浩浩去无归，
百岁终成草木灰。
天子王妃何处访，
沧桑正道总轮回。

2019 年 5 月 30 日于遵化

七 绝

有感儿童节

少儿假日盼游玩，
不想六一还未闲。
探访家家培训处，
老生岂敢返童年？

2019 年 6 月 1 日于成都

七 律

故友同窗会乐山

故友同窗会乐山，
几分思念几分甜。
品茗煮酒言新事，
论古谈今叙旧缘。
戏水扁舟击碧浪，
踏峰峭壁访佛颜。
凡尘多少未圆梦，
对笑成诗洒墨笺。

2019 年 6 月 3 日于乐山

七 绝

匠 心①

致李洪同学

影像流芳匠誉骄，
音容同框乐陶陶。
又逢顿叹颜衰老，
回望心潮逐浪高。

2019 年 6 月 5 日于温江

注释：

①为李洪同学精心设计制作的旺苍县东凡初七三级
师生联谊会影像视频而作。

七 绝

致何庭远同学

大雅诗林敢拓荒，
飞蓬野艾亦飘香。
风花雪月沾俗套，
奇味偏生小作坊。

2019 年 6 月 10 日于温江

七 律

读史有感

几读卷史感无休，
贤俊良才满目收。
铁马金戈逐大梦，
长歌浩气洒潮头。
帝王将相化一土，
百姓江山续万秋。
华夏复兴多苦战，
老夫更喜看风流。

2019 年 6 月 13 日于成都

七 律

游天下第一雄关①

风吹马踏狂沙卷，
一路轻哼飞燕欢。
红柳依依扎大漠，
胡杨洒洒傲长天。
心圆梦里古丝路，
情满西陲锁钥边。
冯胜②将军魂若在，
不知何处觅孤烟？

2019 年 6 月 18 日于嘉峪关

注释：

①天下第一雄关，即嘉峪关，位于甘肃省嘉峪关市西 5 千米处最狭窄的山谷中部，城关两侧的城墙横穿沙漠戈壁，北连黑山悬壁长城，南接天下第一墩，是明长城最西端的关口，历史上曾被称为河西咽喉，是古代"丝绸之路"的交通要塞，中国长城三大奇观之一。

②冯胜，明朝开国元勋，1372 年主持修筑嘉峪关。

七 律
凤 栖 山①

玉凤噙来一洞天，
几人知晓有泓泉②？
允炆③捧饮弃皇位，
百姓掬餐解苦烦。
日丽江川山岳丽，
月圆客旅梦心圆。
我临圣地寻凡趣，
处处风光处处闲。

2019 年 7 月 6 日于崇州

注释：

①凤栖山，位于四川省成都市崇州市，因山中一石酷似凤头而得名，被誉为"福地洞天"。

②泓泉，指凤栖山道二泓山泉。

③允炆，即明代第二位皇帝朱允炆。

相传朱允炆弃位逃往凤栖山时，曾捧起路边山泉解渴止乏。泉水入胸，立觉神清气爽，心无纤尘，毅然上山入寺遁入空门，后人便称此泉为"洗心池"。

七 律

晚 年

人说解甲好悠闲，
南北西东度晚年。
踏雪追风寻胜景，
逐波戏水驾白帆。
轻酌浅饮诗书伴，
漫旅闲游妻眷牵。
一望阳光明月美，
铺笺洒墨咏今天。

2019 年 7 月 9 日于攀枝花

七 律

游紫薇公园①

无边垄亩夏风吹，

姹紫嫣红艳态归。

池岸浮廊游客涌，

花间树杪彩蝶追。

闲亭篱苑品馐味，

碧浪草滩欣寿龟。

红日西斜人不倦，

丝丝孤闷化烟飞。

2019 年 7 月 12 日于温江

注释：

①紫薇公园，位于四川省成都市温江区和盛镇，占地面积 2800 余亩。

七 律

沉思孝陵①

陵前唯见古亭阁，
轻抚残碑②感慨多。
英气雄姿昭日月，
金戈铁马壮山河。
奉行孝道安天下，
难阻宗门起战戈。
封建家规难废弃，
大明社稷殒歪脖③。

2019 年 7 月 15 日于南京

注释：

①孝陵，即明孝陵，位于江苏省南京市玄武区紫金山南麓独龙阜玩珠峰下，是明太祖朱元璋与其皇后的合葬陵寝。因皇后马氏谥号"孝慈高皇后"，又因奉行孝治天下，故名"孝陵"。

②残碑，指明成祖朱棣为纪念朱元璋所立的神功圣

044

德碑和清康熙帝题写的"治隆唐宋"碑。

③据传，1644年4月25日明朝最后一位皇帝崇祯自缢于煤山一棵歪脖子树上。

七 律

初访蒲江蓝莓谷①

两岸青峰酷似驼，
天流一线小澄波。
鸟鸣寂寂空峡里，
鱼跃喧喧浅水窝。
龙果②三千熟地坝，
游人十万乐山坡。
当年荒僻无名气，
今日四邻哼颂歌。

2019 年 7 月 20 日于蒲江

注释：

①蒲江蓝莓谷，即花涧和鸣·蓝莓谷，位于四川省成都市蒲江县朝阳湖镇石象村。是一处集农业休闲与旅游观光为一体的创新型农业休闲体验基地。

②龙果，蓝莓的别称。

七　律
杂　感

参征①犹鸟进笼兜，
困不高飞终苦愁。
但愿自由从本意，
莫凭戒律锁囚楼。
风花雪月无读者，
野蔓蓬蒿有看头。
放纵才思独洒墨，
随心所欲乐悠悠。

2019 年 7 月 25 于温江

注释：

①参征，指参加五花八门的带有诸多附加条件的诗文广告征集活动。

七 绝
迟 悟

读李开爵同学《还童趣想》偶感

苦读三载无鸿雁，
只怪春风迟入园。
若是早识琼姐姐①，
不知多少手相牵。

2019 年 7 月 30 日于温江

注释：

①琼姐姐，指作家琼瑶。

七 律

观石达开《入川题壁》诗碑感咏①

滔滔戡水②狂涛滚，

一代人杰徒断魂。

题壁豪情中夏誉，

雪雠大计满清焚。

红军策马破天险，

勇士闯关惊鬼门。

万里长征青史载，

英雄本色庶民吟。

2019 年 7 月 31 日于成都

注释：

①石达开（1831—1863 年），广西贵县（今贵港市港北区奇石乡）客家人，祖籍地广东省和平县。太平天国名将，中国近代军事家。曾封为"圣神电通军主将翼王"，被尊为"义王"。1863 年 5 月，率众深入越西山，

XIAO
KAN
XI
YANG

直抵大渡河南岸，最后兵败被俘，6月27日，就义于成都，时年32岁。石达开《入川题壁》诗碑坐落于成都市正科甲巷。

②戥水，大渡河的别称之一。

七 绝

致方凤全同学

先贤力斥旧文言，
五四揭开大美篇。
一扫千年陈腐气，
文坛白话惹人欢。

2019 年 8 月 2 日于温江

七　律

回乡锻炼

初中毕业返家园，
挥洒青春乡野间。
播种收割披日月，
垦荒筑坝战山川。
峥嵘时代雄心旺，
红火年华意气坚。
踏破泥巴风雨路，
回思每每笑惊天。

2019 年 8 月 5 日于温江

七绝二首

致同窗诗友

其 一

风尘苦旅并肩行，
诗苑文坛洒雅情。
炊煮方知樵采累，
勤修定有好诗声。

其 二

自古中华盖壤宽，
浩茫青史涌才贤。
谁说巴蜀池塘小，
一代诗人在眼前。

2019 年 8 月 17 日于成都

七 绝

联 谊

写在旺苍县东凡初七三级师生联谊会

四海同窗踏北关，
炎炎暑退正秋还。
情浓不惧风尘苦，
母校连心感昊天。

2019 年 8 月 24 日于旺苍

七 律

怀念四位中学老师①

写在旺苍县东凡初七三级师生联谊会

春风化雨犹甘露，
每每追思心起伏。
一代先生传睿智，
四名师范化糊涂。
宫墙重仞杏坛颂，
桃李满天学子书。
若少教鞭勤指点，
哪来侪辈傲江湖？

2019 年 8 月 24 日于旺苍木门

注释：

①四位中学老师，分别指旺苍县东凡小学（戴帽初中）校长何忠汉，数学老师杜文义、何洪全，物理老师陈泽碧。陈泽碧曾任旺苍县文教局局长。

XIAO
KAN
XI
YANG

七 律

四十六年后初中同窗重聚故乡

写在旺苍县东凡初七三级师生联谊会

禹宫初遇正青葱，
重聚早成白发翁。
十载踏平坡坎路，
半生冲破暑寒风。
漫酌淡笑成和败，
浅饮闲说过与功。
跌宕流年弹指去，
一腔忧乐洒诗空。

2019 年 8 月 24 日于旺苍

七 律

长 忆 念

遥遥半世虽难见，
别绪离愁伴梦中。
浪迹天涯长忆念，
回归故里短相逢。
歌声笔墨诗书转，
微信视频心海通。
莫怨征程多苦远，
一朝握手笑春风。

2019 年 8 月 25 日于旺苍木门

七 律

同 窗

寒窗三载塑名声，
一路辛艰一路行。
学校课堂习本领，
村乡茅舍梦前程。
西东南北搏风雨，
故里东河叙友情。
暮岁逍遥观盛景，
夕阳红里醉余生。

2019 年 8 月 28 日于温江

七 律
相 思

离别父老远家乡，
地袤天高任奋翔。
涉水翻山迎雨雪，
穿穹跨海藐风霜。
繁华南北城池艳，
秀色西东草木香。
即便神州游历遍，
仍思故里小池塘。

2019 年 8 月 31 日于温江

七 绝

木门学子赞

木门自古风光秀，
代代麒才有大家。
且喜七三学网建，
惹得骚客笔生花。

2019 年 9 月 5 日于温江

七　律

寸　意

为蒋宗云同学生日而作

网群初创见君心，
笔墨文风首耳闻。
学子联情彰气度，
一生秉义聚知音。
诞辰巧遇中秋日，
故友相逢古镇门。
遥寄拙诗飞寸意，
与兄握手共闲吟。

2019 年 9 月 12 日于温江

XIAO

KAN

XI

YANG

061

七绝二首
致儿辈

其 一

生来奔走从无间，
七苦三甜须看穿。
牢把灵台一杆秤，
不羞娘爸不羞天。

其 二

黑夜踏穿才见天，
苦头尝遍自知甜。
扫平坷坎荆棘路，
方有人生百岁欢。

2019 年 9 月 15 于温江

七　律

忆　浓　浓

遥思昔日禹王宫，
熠熠芳华似火红。
矫健英姿飞赛场，
清纯仪态洒春风。
学堂见面少言语，
校外相逢多笑容。
三载苦耕圆夙梦，
寒来暑去忆浓浓。

2019 年 9 月 19 日于温江

XIAO

KAN

XI

YANG

七 律

相约米仓①

季秋故里揽金黄，

学友又逢思忆长。

十载耕读陪父老，

半生闯荡傲穹苍。

佳人不见红霞靥，

髦士平添华发霜。

浅饮漫酌无尽意，

光阴向不败茶香。

2019 年 9 月 20 日于旺苍

注释：

①此诗曾入编《笑看夕阳》(诗与感言)，本书收录时做了修改。米仓，指米仓山。

七　绝

诗赠何秀平同学

常聆暮岁放歌声，
遥忆寒窗最动听。
风雨潇潇情不老，
诗坛雅咏更闻名。

2019 年 9 月 23 日于温江

七　绝

遥　忆

又逢遥忆寒窗梦，
靓女才男志趣同。
不历三年凿壁苦，
哪收日暮满堂红！

2019 年 9 月 25 日于旺苍木门

七　律

秋　思

半生岁月转如梭，
往事尘烟感忆多。
缕缕愁思融雪雨，
般般名利逝江河。
春天墨洒蔷薇味，
秋日情倾落叶歌。
暮坐闲庭凝皓月，
心田满满是家国。

2019 年 9 月 27 日于康定

XIAO

KAN

XI

YANG

七 绝

知 音

曾经失意运来迟，
管鲍之交代代期。
莫道凡尘灵眼少，
知音总在奋飞时。

2019 年 9 月 30 日于温江

七　绝

名 与 利

纷扰红尘名利场，
机关算尽苦匆忙。
风流富甲终归土，
唯有诗书万世芳。

2019 年 10 月 7 日于温江

七 绝

红 枫

金天盛饰艳登场，
满脸霞红映四方。
庭院公园成雅趣，
玉姿洒落美名扬。

2019 年 10 月 10 日于西昌邛海

七　律

游都江堰①

金风爽爽笑纷扬，
天府之源客旅忙。
伫立庙阶吟太守，
步游田圃叹秋黄。
荡舟岷水酌茗味，
举盏人家品稻香。
福水千年流不尽，
攘来熙往忆茫茫。

2019 年 10 月 15 日于都江堰

注释：

①此诗曾入编《笑看夕阳》(诗与感言)，本书收录时
做了修改。

都江堰，位于四川省都江堰市城西，坐落在成都平
原西部的岷江上。它是当今世界上年代久远、唯一留存、
以无坝引水为特征的宏大水利工程。由战国时代著名的

水利工程专家、秦蜀郡太守李冰父子主持修建。

　　都江堰是世界文化遗产、世界自然遗产的重要组成部分、世界灌溉工程遗产、全国重点文物保护单位、国家级风景名胜区、全国 5A 级旅游景区。

七 律

自 嘲

答诗友

先前从未入诗门，
归隐方生洒墨心。
拙笔浅言陪苦旅，
薄笺瘦句鼓精神。
古贤咏里寻悠味，
现代吟中采异馨。
仰望圣坛星汉灿，
躬身凡作若泥尘。

2019 年 10 月 22 日于温江

七 律
乐山大佛①

浩浩三江从不休，
涛飞浪卷荡崖流。
慈颜世代傲云际，
慧眼千年向古州②。
饱览人生成与败，
遍闻天地喜和忧。
悠悠岁月沧桑事，
几件不装心里头？

2019 年 10 月 25 日于乐山

注释：

①乐山大佛，又名凌云大佛。位于四川省乐山市南
岷江东岸凌云寺侧，濒临大渡河、青衣江和岷江汇合处。
大佛为弥勒佛坐像，通高 71 米，是中国最大的一尊摩崖
石刻造像。

②古州，即嘉州，乐山市古称。

七 律

秋满江南房子①

一望排排银杏黄，
满庭花卉尽芬芳。
张张金叶铺弯径，
束束夕光映碧塘。
幼乐坪中青草地，
老欢院里翠石廊。
深秋绚烂家国美，
广袤风凉心不凉。

2019 年 11 月 1 日于温江

注释：

①江南房子，即银诚·江南房子，位于四川省成都
市温江区杨柳河畔，是一座具有典型江南建筑风格的住
宅小区。笔者家居于此。

七　律

答"知青"老友

半生跌宕感沧桑，
归隐桃源话短长。
无誉无荣无建树，
有愁有苦有悲伤。
听凭窗外寒风啸，
笑看西山落日忙。
莫对天公生怨念，
淡然自逮好风光。

2019 年 12 月 23 日于旺苍

七　绝

美食之都①

千滋百味古今叹，
抚慰舌尖乐放闲。
早晓佛山生此处，
神仙谁不恋凡间？

2019 年 12 月 25 日于佛山

注释：

①美食之都，指广东省佛山市顺德区，位于珠三角广府文化腹地，是"中国曲艺之乡"，被联合国教科文组织授予"世界美食之都"称号，享有"中国厨师之乡"美誉。

七 律

放浪三亚

去岁凉天刚握手，
今冬再访又悠游。
椰林信步品椰味，
岸畔闲聊登岸楼。
倦貌风吹新气爽，
喜心浪卷旧愁溜。
仰天一望鸥飞处，
沧海滔滔无尽头。

2019 年 12 月 29 日于三亚

七　律

写在元旦

迎新辞旧又一年，
六秩光阴转瞬间。
世事茫茫如逝水，
俗尘渺渺若流烟。
灵丹岂可解衰倦，
大气定能生乐欢。
荣辱得失谈笑过，
放眸天地浩无边。

2020 年 1 月 1 日于三亚

七 律

久别重逢①

故旧老朋琼境逢，
分别日久感相同。
天南漫品古泉水②，
西岸③闲兜大海风。
桌上珍馐心意厚，
杯中玉液友情浓。
东河柳畔沧桑事，
昔忆今思千万重。

2020 年 1 月 2 日于东方

注释：

①2019 年 12 月底，携家眷游完西沙群岛后逗留三亚，恰与正旅居海南省东方市的几位老友故旧相遇。

②天南古泉水，指东方市天南第一泉，位于八所镇。有"感恩第一甘泉"之美称，为汉代古井，距今已有近

2000年悠久历史。

　　③西岸，指东方市西海岸鱼鳞洲风景区，位于八所镇西南海滨。清康熙年间就已是风景名胜之地。

七 绝

登蜀州①梅花寨②

穷冬万里满眸残，
霜女千姿傲雪欢。
侪辈若怀冰雅气，
哪生宵小诽言烦？

2020 年 1 月 8 日于崇州

注释：

①蜀州，今崇州古称。四川省辖县级市，由成都市代管。位于四川省岷江中上游川西平原西部。

②梅花寨，位于崇州境西北之隅的凤栖山，因陆游所写的《卜算子·咏梅》的历史典故而闻名。

082

七 律

剑 门 关①

重来骤遇酷寒风，
蜀道咽喉云雾蒙。
丞相②六出驰险壁，
幼麟③九进战枭公④。
关楼探秀情如瀑，
鸟路寻奇气若虹。
翻遍古今骚客赋，
谁人不叹剑门雄？

2020 年 1 月 12 日于剑阁

注释：

①剑门关，位于四川省广元市剑阁县城南 15 千米
处。剑门山中断处，两旁断崖峭壁，直入云霄，峰峦倚
天似剑；绝崖断离，两壁相对，其状似门，故称"剑
门"。素有"剑门天下雄"之誉。

②丞相，指三国时期蜀汉丞相诸葛亮。

③幼麟，指蜀汉名将姜维。

④枭公，指曹操。

七　绝

家乡过春节

家乡献岁味浓浓，
访友交亲炉火红。
陈窖三杯思逝岁，
老宅门对话春风。

2020 年 2 月 25 日于旺苍木门

七 律

情满青城①

闻名遐迩丈人山，
万态千姿秀若仙。
盘坐岩崖观瀑布，
漫游峡涧捧流泉。
猴迎远客脚边绕，
鸟放甜歌头顶穿。
天下幽幽唯此处，
又来掠景度悠闲。

2020 年 3 月 6 日于都江堰

注释：

①青城，即青城山，又名丈人山。位于四川省成都市都江堰市西南，世界文化遗产，全国重点文物保护单位、国家重点风景名胜区、国家 5A 级旅游景区、全真龙门派圣地、十大洞天之一、中国四大道教名山之一、五大仙山之一、成都十景之一。素有"青城天下幽"之誉。

七　律

游安龙海棠公园^①

金光破晓踏安龙，
千亩海棠千亩红。
外地游人怜景美，
本村农户喜收丰。
脱贫致富结新果，
决胜攻坚立大功。
醉美城乡一体化，
幸福不忘谢春风。

2020 年 3 月 7 日于都江堰

注释：

①安龙海棠公园，位于四川省成都市都江堰市安龙
镇，占地 2000 余亩。是一处以种植贴梗海棠、西府海
棠、木瓜海棠、垂丝海棠和日本海棠等主要品种的大型
田园式休闲公园。2015 年在成都市 18 个赏花基地竞争评
选中获得一等奖。

XIAO
KAN
XI
YANG

七　绝

诗赠女同学

写在三八节

长辫当年玉嗓甜，
桃腮杏眼傲而谦。
蛮腰不胜风霜虐，
大气依如花木兰。

2020 年 3 月 8 日于温江

七　绝

前　行

奋飞何惧乱云横，
风雨兼程踏远征。
纵有阴霾遮望眼，
扬鞭跃马不歇停。

2020 年 3 月 9 日于攀枝花

七　律

约　客

青阳大地满春风，
天府鱼凫柳色浓。
昨日河湾约旧友，
今儿梅苑会新朋。
清茗淡酒话今古，
笔墨诗书洒异同。
一代"知青"逢盛世，
何时笑尽晚霞红？

2020 年 3 月 12 日于温江

七 律

情洒木门

春回故里又登高，

放眼苍茫情自豪。

五马飞腾青岳壮，

三龙环抱碧澜滔。

当年地主豪强盛，

今日平民百姓骄。

红色殷殷浇寸土，

梦圆古镇更妖娆。

2020 年 3 月 15 日于旺苍木门

七 律

游万花十景园①

春光春色正春浓，
又步鱼凫十景中。
蜂戏樱花忙不尽，
人游逸苑乐无穷。
曲池水岸柳丝翠，
诗路亭边枫叶红。
酌饮香加生雅兴，
仰天林隐醉听风。

2020 年 3 月 18 日于温江

注释：

①万花十景园，位于四川省成都市温江区。诗路红枫、林隐听风、樱花园、逸苑、曲池、香加分别是该园具有代表性的景点之一，其余景点正在规划建设之中。

七　律

读秀平宗云开爵三同学唱诗有感

北国燕赵正和风，
巴蜀山川青愈浓。
才女赋诗思旧友，
帅哥奋笔忆学朋。
薄笺话谊谊尤厚，
浅墨抒情情更融。
半世离多相聚少，
心音穿透万千重。

2020 年 3 月 26 日于温江

七　律

春醉鹃都①

写在成都市郫都区第三届杜鹃花文化旅游节

郫县②鹃都十里醉，
满眸山客沐春晖。
枝疏枝茂枝丫舞，
花馥花清花蕊飞。
四面八方游旅涌，
千姿万态子规回。
夕阳西下意难尽，
夜色袭来无意归。

2020 年 3 月 30 日于郫都

注释：

①鹃都，即蜀国鹃都，位于四川省成都市郫都区郫筒镇。是一处占地 4000 余亩、以主要种植杜鹃花、集观光休闲旅游、现代农业开发为一体的特大型生态花卉产业园地。

②郫县，即今郫都区。

七 律

悼 慈 母

仙归痛悼雨滂沱，
白虎青龙①泪洒河。
子女恸哭惊五马②，
孙儿跪拜感三波③。
红烛细语丰功浩，
唢呐轻吟盛业多。
思忆绵绵成永远，
殷殷母爱后生歌。

2020 年 4 月 4 日于温江

注释：

①白虎青龙，指分别坐落于四川省广元市旺苍县木门镇天星村南面、东面的白虎山和青龙山。

②五马，指拱卫木门的青龙、凤凰、双桂、双山、丹青五座山峰，自古有"五马奔槽"之说，故得名。

③三波，指环抱木门的清江、柏树、金鱼三条河流中奔腾不息的浪波。

七 绝

闲 叹

韵节尽兴踏天台①,
满目芳花始盛开。
润雨新风苏万物,
光阴一去不重来。

2020 年 4 月 10 日于邛崃

注释:

①天台,指四川省成都市邛崃市天台山。

七 绝

游章怀山①

章怀吊古览遗踪，
千载风云忆绪浓。
一首瓜辞心不死，
惹翻武媚耍威风。

2020 年 4 月 15 日于南江恩阳

注释：

①章怀山，又名天平山，位于四川省巴中市恩阳区
茶坝镇与南充市仪陇县交界处，因唐朝章怀太子李贤的
故事而得名。

七 律

初夏登雪山①

此来正遇暖阳天，
又见崖边雪片残。
信步谷间青草径，
漫酌驿站碧潭边。
山明水秀流莺乐，
风爽花香游客闲。
夏日谁说无胜景？
夕霞起舞醉峰巅。

2020 年 5 月 8 日于大邑

注释：
①雪山，指坐落于四川省成都市大邑县的西岭雪山。

七 律

立 志

致侄儿

红火青春志四方，
拼搏莫负好时光。
修学能忍暑寒苦，
创业须迎风雨猖。
夙愿未酬别懈气，
大功不立不还乡。
顶天踵地英雄汉，
无论得失永记娘。

2020 年 6 月 8 日于温江

七 律

游漂流小镇①

浩风阵阵卷残云，
溪谷声声奏乐音。
戏浪漂筏掠浪美，
采花旅雁恋花馨。
渴喝原始山泉水，
乏卧清凉河岸墩。
啼鸟低旋追梦去，
西霞泼彩醉苍林。

2020 年 7 月 15 日于都江堰虹口

注释：

①漂流小镇，即虹口镇，位于四川省都江堰市，国家 4A 级旅游景区，是首个"中国漂流小镇"。

七 律

游峨眉乐山①

莫为油盐酱醋烦，
自由潇洒水云间。
才登金顶②望红日，
又到大佛③拍景观。
盖碗茶④中思圣语，
老街巷里品嘉餐⑤。
退休正好悠闲度，
百岁人生有几欢？

2020 年 7 月 20 日于乐山

注释：

①峨眉乐山，指四川省峨眉山市、乐山市。因峨眉山、乐山大佛而闻名遐迩。

②金顶，又名华藏寺，峨眉山景点之一。

③大佛，即乐山大佛。

④盖碗茶，峨眉当地传统饮茶风俗。是一种上有盖、

中有碗、下有托的茶具。又称"三才碗"，盖为天，托为地，碗为人。起源于唐代的四川，盛行于清代的京师。

⑤嘉餐，即嘉州美食。

七 律

黔西纳凉风

纳凉何俱远风尘，
亦有劳乏亦有欣。
峡谷轻飑舒瘦体，
云泉仙洞润孤心。
飞舟白浪长空朗，
纵马莽原花草馨。
避暑黔西游胜地，
频发微信报祥音。

2020 年 7 月 23 日于大观

七律

九洞天①

跌宕连环九洞天，
画图千态百姿悬。
星河日月情诗浩，
穴遂流波梦语绵。
仙过半分辞上界，
人游三秒动心弦。
古奇秀险幽一体，
莫测机玄思万盘。

2020 年 7 月 25 日于毕节

注释：

①九洞天，位于贵州省纳雍、大方两县交界处，被誉为"中国岩溶百科全书""喀斯特地质博物馆"。1989年，九洞天与黄果树瀑布一道被评为贵州省十大风景名胜区之一；2024 年，九洞天被国务院批为国家级风景名胜区；2008 年 9 月，九洞天在广州深圳被国际旅游组织

团评为中国最具有国际影响力的十大旅游景区之一；2009年4月，在海南世界旅游精英博鳌峰会上，被组委会授予"国际王牌旅游景区"称号。

七 律

古镇怀古

蜿蜒深巷傍峰丘，
错落邸宅依码头。
一府一街一故事，
几人几户几风流。
千年历史千年叹，
百代遗痕百代留。
私主不知何处去，
金屋寂寂任君游。

2020 年 7 月 27 日于郑远

七 律

游 乾 陵

渭河静静向东流，
天后相依眠土丘。
武略文韬名万世，
风流浩气唱千秋。
石碑无字立茔冢，
青史留痕费笔头。
功过是非由尔论，
不知墨客几时休？

2020 年 9 月 8 日于西安

七 律

心　迹

春远夏残花已坠，
缤纷黄叶伴秋随。
红颜一向惜红粉，
晚岁从来醉晚晖。
情堵总招忧郁扰，
心开方可自由飞。
半壶瑞草泡天地，
举步登高满目恢。

2020 年 9 月 28 日于大邑

七　律

诗赠老同学

写在何光福同学生日

记得往日正青葱，
凿壁偷光宿志同。
故里街村常邂逅，
他乡客座总相逢。
英年才似三江①水，
暮岁情犹五岳②松。
漫侃闲聊藏大智，
趣幽韵雅意浓浓。

2020 年 11 月 8 日于温江

注释：

①三江，指环抱旺苍县木门镇的三条河流。

②五岳，指拱卫旺苍县木门镇的五座山峰。

XIAO
KAN
XI
YANG

七 律

龙 宫 行①

龙宫景致久闻名，
林茂山幽水又清。
花海温泉舒老体，
溪流飞瀑醉童声。
登高忘却纷繁事，
垂钓刺激闲漫情。
夜落倚窗观远处，
蓉城②灯火璨繁星。

2020 年 11 月 11 日崇州九龙沟

注释：

①龙宫，即九龙沟，位于四川省崇州市西北，有
"人间龙宫"之誉，是四川省级风景名胜区。

②蓉城，指成都。

七 绝

银 杏

独步温江最美银杏街

莫嫌老朽瘦身黄，
冬吻妖肌满面香。
倒转莺时眉宇灿，
青春火火万姿扬。

2020 年 12 月 16 日于温江

七 绝

龙 池① 吟

寒冬腊月走龙池，
地震伤颜又损肢。
久等无闻仙女笑，
曾经旧旅苦相思。

——龙池，昔日闻名遐迩的旅游胜地，自"5·12"大地震封闭至今，可能再也没有多少人见过她的仙容了。十二年后的今天经过数小时跋山涉水，踏雪穿林，虽然初次见到的仍是"一脸憔悴"，但在与它亲密的接触中还是让我感受到了它那充满神奇的魅力。

2020 年 12 月 18 日于都江堰龙池

注释：

①龙池，位于四川省都江堰市，国家级森公园。

七 律

空港花田①

花田腊月雾茫茫，
红日初辉启亮窗。
"天鸟"②穿梭声婉啭，
百合漫舞体芬芳。
天寒地冷垂髫跃，
风暴霜浓老朽狂。
游旅心湖诗意满，
川西处处竞风光。

2020 年 12 月 25 日于双流

注释：

①空港花田，位于四川省成都市双流区黄水街道云华社区。这里是一片浅丘台地，花木葱茏，莺飞草长。因三国蜀汉刘备、诸葛亮在此屯兵牧马而得名牧马山；又因是一条机场客运航线，每天在此观看飞机起降的人群络绎不绝被称为网红打卡地。

②天鸟，即飞机。

XIAO
KAN
XI
YANG

七 绝

少年岁月

少年岁月忆难消，
回望心犹大海滔。
不历赤足凄雨苦，
哪来暮岁晚情豪。

2021 年 1 月 10 日于温江

七 律

贪者画像

半辈遨游算计中，
绵绵贪念不知终。
横征暴敛盈私库，
巧取豪夺充墅宫。
槌落一声成罪犯，
名丢万贯化烟风。
祖宗八代失颜面，
地府阴曹无路通。

2021 年 1 月 29 日温江

七 律

故乡探旧

别辞故里几年头，
人事千千苦不求。
老辈媪翁皆作古，
儿时伙伴尽闲游。
乡间小径成宽路，
农户茅屋换瓦楼。
唯见宅旁溪涧水，
依然日夜向东流。

2021 年 2 月 16 日旺苍木门

七　律

闲步简阳丹景山^①

秀美青峰天外立，
满清戤老赋诗篇^②。
春花烂漫千莺啭，
游道逶迤万旅旋。
阿斗书台寻蜀迹，
张飞营地览屏关。
一城之眼^③成新景，
尽望明珠^④心浪翻。

2021 年 3 月 6 日于简阳

注释：

①丹景山，位于四川省成都市简阳市与龙泉驿区交界的龙泉山脉中段、三岔湖西北，是成都东西屏障龙泉山脉第二高峰。这里自古便是蜀中胜地，有独特的自然风光和民间传说。

②戤篇，指清代戤澍铭（四川简阳人）写的《登丹

117

景山》一诗，其中有"一山天外立"之名句。

③一城之眼，即丹景台，有"城市之眼"之誉。

④明珠，指位于四川省简阳市的三岔湖，系四川省第二大人工湖泊，被誉为"天府明珠"。

七 绝

金 口 河①

金河滚滚碧霄来，
一扇峡门鬼斧开。
自古神仙惊浪色，
欲游此处莫徘徊。

2021 年 3 月 12 日于乐山

注释：

①金口河，位于四川省乐山市。

七 律

龙泉①览春

登上东边小土丘，
满眸景色荡心悠。
千丝春绿千丛草，
万朵花香万户楼。
桃苑蜂蝶争宠爱，
芦溪②水鸟戏湍流。
独酌红雨笑颜处，
诗兴倏来润笔头。

2021 年 3 月 13 日于龙泉驿

注释：

①龙泉，即四川省成都市龙泉驿区，位于成都市中心城区东部，被国务院命名为"中国水蜜桃之乡"。

②芦溪，指芦溪河。

笑傲夕阳

自知之明诗编

七　律

竹艺之乡①

道明丽月景缤纷，
十里方圆尽旅人。
陇亩菜花黄灿灿，
渠边杨柳叶新新。
遍街美味饱童叟，
满目竹编说古今。
重踏篁风添雅趣，
悠悠清籁动诗心。

2021年3月15日于崇州道明古镇

注释：

①竹艺之乡，即道明古镇，位于四川省崇州市。因其竹艺入选"中国民间文化艺术之乡"名单。

XIAO
KAN
XI
YANG

七 律

田园归处

岁月匆匆何奈短，
田园归处好悠然。
春烟袅袅游花径，
秋雨潇潇踏水滩。
煮酒烹茗抛旧事，
吟诗作对度新天。
山中木有千年翠，
世上人难百载欢。

2021 年 3 月 18 日于温江

七 律

常 记

在世欲求金垒山，
长眠独卧太平间。
贪心好比燎原火，
淫念如同逝水川。
奢侈终将失本色。
淡泊定会享天年。
人生自律须常记，
切勿惶惶踏漏帆。

2021 年 3 月 25 日于温江

七 律

踏 春

哦天食夕陽

自知之明诗编

浩浩春风四月天，
依依花草笑嫣然。
林丛啼鸟蛺蝶舞，
田野游人车轿喧。
三琖清茗沏柳岸，
一根钓线落河湾。
踏青逐浪添诗意，
心旷神怡赛大仙。

2021 年 3 月 29 日于大邑

七 律

春醉川北

解甲归田无甚愁，
又来川北度闲悠。
春烟袅袅江山丽，
巴蜀悠悠文脉稠。
古镇街坊观胜迹，
新村院落叹风流。
小康决胜添华彩，
万紫千红一览收。

2021 年 4 月 1 日于巴中

XIAO
KAN
XI
YANG

七 律

泪洒清明

四月山川春不残，
遍花遍草遍诗笺。
长天细雨潇潇落，
路上行人默默穿。
手拜烛燃流短语，
身躬足跪寄长眠。
万千思绪绵无尽，
暗泪涓涓洒墓前。

2021 年 4 月 4 日于温江

七　律

情①

袅袅春风轻入怀，
远方故里客人来。
鱼凫②江岸看烟柳，
崇庆元通③访俊才。
莫逆交情沉老酒，
舒心笑语洒棋牌。
又逢滋味何须问，
点点滴滴写满腮。

2021 年 4 月 13 日于崇州元通古镇

注释：

①为蒋宗云同学再次莅临温江而作。

②鱼凫，温江古称。

③崇庆，崇州市的别称。元通，指崇州市元通古镇。

XIAO
KAN
XI
YANG

七 绝

学友相逢

一生胜败倏然逝，
解甲相逢语似潮。
悲喜交织多少忆，
举觞邀月笑今朝。

2021 年 4 月 20 日于崇州

七 律

怀念恩师①

军旅驰奔扬志气，
东河三线立殊功。
育人施教献良策，
执纪纠偏彰正风。
松韵竹节昭日月，
情操本色璨星空。
相逢一见开怀笑，
今日诀别泪眼蒙。

2021 年 4 月 22 日于温江

注释：

①恩师，指徐宗香。从部队转业后被分配进东河
公司五〇一厂工作，曾担任五〇一厂首届技校校长，
五〇一厂、成钞公司一分厂纪委副书记等职务。

XIAO
KAN
XI
YANG

七 绝

紫 玫 瑰

春风拂面笑盈盈，
骚客流连笔不停。
惊艳何须胭粉抹，
知音在意是心灵。

2021 年 5 月 5 日于温江

七 律

柏林古镇①

斜巷青砖秦汉韵，
明朝气骨晚清风。
魏兰②书写自由恋，
岚水③泣吟千古踪。
精舍④张飞留胜迹，
魁星⑤亭榭耀苍穹。
凭江纵目叹流岁，
盏盏情思盏盏浓。

2021 年 5 月 20 日于广元

注释：

①柏林古镇，位于四川省广元市昭化区，被誉为"中国传统文化村落"，国家 4A 级旅游景区，素有"浪漫爱情古填"之称。川剧"岚桥祭水"中西汉时期的乡村穷书生魏奎元与富家小姐兰瑞莲凄美的爱情故事就发生于此。

②魏兰，指魏奎元、兰瑞莲。

③岚水，指岚溪河。

④精舍，即广善寺。张飞，即三国时期蜀国虎将张飞。据传，柏林古镇广善寺内的两株参天古柏，乃张飞引军过此所植。

⑤魁星，指魁星阁。

七 律

惊 叹

参观红军强渡大渡河飞夺泸定桥遗址

金川①滚滚水连天，
自古兵家喻险关。
大浪孤舟征浪恶，
索桥勇士破桥寒。
三军壮举垂青史，
舵手声威震宇寰。
北上挥师驱日寇，
韬惊枭将敢当官②。

2021 年 6 月 10 日于泸定

注释：

①金川，大渡河的别称之一。

②敢当官，指太平天国名将石达开，小名亚达，绰
号石敢当。

七　绝

舍　得

笑看夕阳

自知之明诗编

舍得自古赢天下，
吝啬从来乃败家。
莫效索城吸贝佬①，
苟延残喘恋金花。

2021 年 6 月 25 日于温江

注释：

①索城，即法国中西部索漠小城；吸贝佬，指法国
小说家奥诺雷·德·巴尔扎克小说《欧也妮·葛朗台》
中的主人公葛朗台。葛朗台的家乡在索漠。

七 律

盛夏聚洞乡①

人生一世几时闲？
学友相约又聚欢。
易舍金窝千缕暖，
难得盛夏半丝寒。
石林风里扔新苦，
溶洞水中除旧烦。
爽籁徐徐拂旅径，
蟾宫皓皓映甜眠。

2021 年 8 月 2 日于广元

注释：

①洞乡，即曾家山，位于四川省广元市朝天区，国家 4A 级旅游景区，享有"溶洞王国""石林洞乡"之美称。

七　律

童　年

苦乐儿时忆不休，

滴滴点点汇江流。

砍柴割草牵牛索，

挖地挑筐背背篼。

寒舍油灯陪日夜，

粗衣赤脚度年头。

今来岁月悠悠过，

难忘曾经少小愁。

2021 年 8 月 5 日于广元

七　律

也话中元节①

常想年年七月半，
茔前酒果蜡烛燃。
躬身叩首言思念，
烧纸撒钱抛泪言。
鞭炮一圈驱鬼怪，
檀香三炷佑平安。
生前敷衍无尊敬，
跪破双膝也枉然。

2021 年 8 月 22 日于温江

注释：

①此诗曾入编《笑看夕阳》(诗与感言)，本书收录时作了修改。

七 绝

致 同 窗

久别卅载又相逢，
荣辱浮沉化雾风。
一半称心一半憾，
人生大美数夕红。

2021 年 9 月 20 日于温江

笑看夕阳

自知之明诗编

138

七　律

金秋漫游

乾坤万里正金黄，
又与家人步远方。
大漠孤烟生乐趣，
长河沧海化愁肠。
南边风土城池美，
北域珍馐野味香。
临近古稀追日月，
铺笺洒墨咏秋光。

2021 年 9 月 23 日于银川

七　律

游蜀道诗歌大道^①

中秋日映大江滔，
风起萧萧苇草飘。
两岸游人哼圣韵，
一墙李杜笑波涛。
红颜自古惜新味，
老朽从来慕旧骚。
川北嘉陵风景美，
纵杯唱尽万千娇。

2021 年 10 月 5 日于广元

注释：

①蜀道诗歌大道，位于四川省广元市利州区将军桥至摩尔天成沿嘉陵江东侧生态休闲长廊地段。于 2015 年由当地政府在千里古蜀道的广元城区十里嘉陵江边步行风景道的基础上利用河堤石墙建成。精选镌刻数百首与广元、蜀道有关的古代著名诗词，供市民、游人观览品鉴，成为一道独特靓丽的风景，与皇泽寺隔江相望。

七 律

赠 老 莫

写在莫斯贵同学生日

有缘同校乐陶陶，
心底忆潮逐浪高。
村坝①学农修水堰②，
食堂锻炼扯鸭毛③。
两年课业根基厚，
半世交流友谊牢。
解甲率先当示范，
雅风韵宇毕生骄。

2021 年 10 月 7 日于崇州

注释：

①村坝，指四川省广元市旺苍县白水镇卢家坝村，即东河公司五〇一厂技校所在地。

②修水堰，即兴修养鱼池塘。

③扯鸭毛，指刚进厂的技校学生必须按规定参加劳动锻炼，到所在食堂帮助炊事人员扯鸭毛成为一项主要任务。

七 绝

重阳闲拾

半辈休闲半辈忙，
几丝晦暗几荣光。
宦途玉液千杯饮，
怎比自家浊酒香。

2021 年 10 月 14 日于温江

七 律

寒 冬

年岁初开踏秀峰，
凝眸远眺景无穷。
雪压风扫松独挺，
雨打霜欺梅更红。
冰剑寒光悬峭壁，
翠竹瘦影傲苍穹。
随心闲浪云天处，
一丈豪情洒九冬。

2022 年 1 月 9 日于大邑

七 律

故乡新赞

今回桑梓更心欢，
十里方圆尽换颜。
光电通衢达万户，
池塘水网润千荃。
四方游客登高岳，
八面诗人咏大川。
致富脱贫芳百世，
问君有几不思源？

2022 年 3 月 2 日于旺苍木门

七 律

又访问花村^①

曙光初照景缤纷，
一望八荒尽荡魂。
童女少男嬉水浪，
恋人鸾凤醉梅林。
千丛草地千姿舞，
万丈游廊万态吟。
揽尽川西春日色，
老夫独忆问花村。

2022 年 3 月 6 日于都江堰问花村

注释：

①问花村，位于四川省都江堰市，是一处以花文化为主旋律，凸显诗、酒、花、水、村五大主题，以"生态优先、环境为王、匠心独造、百年传承"为理念，按照"精品成园、规模成海、森林成岸、水系成网、园林成趣、林盘成魂"的方针打造的集农林、旅游、文化、康养、居住为一体的川西田园风情式木本观花生态园。

七 绝

游 夹 关①

笑看夕阳

自知之明诗编

漫悠闲侃望江天，
日暖春芳催卧眠。
近坐鼾声惊旧梦，
醒来新扰锁眉尖。

2022 年 3 月 20 日于邛崃夹关

注释:

①夹关，指夹关镇，别名夹门关，位于四川省邛崃市境内。距今已有2300多年的历史，是邛崃历史上三大古镇之一，也是茶马古道最重要的驿站，谓之藏在成都周边的"小江南"。

七　律

偶　拾

纵结心坎百丝愁，

长卧人生事事休。

吝啬骄奢同粪土，

贱贫贵富共蒿丘。

红尘扰扰任风扫，

天地辽辽随意游。

四帝吞丹空万岁①，

凡夫能度几春秋？

2022 年 4 月 5 日于温江

注释：

①四帝，指晋哀帝司马丕，唐太宗李世民，明世宗嘉靖，清世宗雍正。

XIAO

KAN

XI

YANG

147

七　律

读《弘一法师人生课》有感

殷殷寄语意悠悠，
恰似清溪浅浅流。
苦辣酸麻俗世味，
油盐酱醋庶民愁。
炎凉百载求名利，
冷暖一生恋自由。
越过心山人最美，
轮回浪里驾新舟。

2022 年 4 月 21 日于温江

七　绝

风铃花赞

凭栅凝眸惊笑影，
玉姿境界早闻名。
春风摇曳奏和曲，
犹似蛾眉初恋声。

2022 年 4 月 28 日于温江

XIAO

KAN

XI

YANG

七 律

无 题

解甲皆说无欲牵，
自由自在漫无边。
只关父老家国事，
不渡是非功利帆。
阔佬独贪餐气派，
渺身更恋饭新鲜。
秦皇难觅长生药，
心旷方可俘百年。

2022 年 5 月 8 日于威海

150

七 律

旺苍乘凉

夏临青碧米仓山，
学友家人又诉缘。
淡酒三杯吟盛世，
碧芽一盏忆从前。
垂钓抛忘风尘苦，
戏水冲消暑热烦。
故里今非昔日比，
归来游子共思源。

2022 年 7 月 12 日于旺苍

XIAO

KAN

XI

YANG

七 律

广元沐夏风

今夏重来两漫天①，
新朋旧友笑开颜。
洞乡胜地避炎热，
川北清风度雅闲。
一世祸福一世运，
半生情谊半生缘。
沧桑岁月峥嵘美，
每每举杯思忆绵。

2022 年 7 月 15 日于广元

注释：

①两漫天，即四川省广元市东北部大、小漫天岭的合称。分别指曾家山和朝天岭。

七　律

贾 家 湾①

龟池②波卷浪涛鸣，
仙洞③泉流奏乐声。
白虎④昂头听虎啸，
青龙⑤摆尾看龙腾。
秋风飘荡鼓儿⑥艳，
红日高悬莽岳⑦清。
笔者何须多叫卖，
一湾风景早闻名。

　　——贾家湾，是笔者祖祖辈辈耕种的地方。
笔者从出生到走进"东河"，在这个朴素而独特的
小山村生活了将近二十个春秋，这里的一山一水，
一草一木，都已经深深地溶入了血液，令笔者魂
牵梦绕……

2022年8月26日于旺苍木门

XIAO
KAN
XI
YANG

注释：

①贾家湾，位于四川省广元市旺苍县木门镇天星村，笔者老家所在地。

②龟池，指位于贾家湾中央的胜利水库，因醒似龟形而得名。

③仙洞，指贾家湾北面鼓儿岩下一溶洞。一年四季，溶洞内一股清泉长流不断。

④白虎，指贾家湾西面的白虎山。

⑤青龙，指贾家湾东面的青龙山。

⑥鼓儿，指贾家湾北面的鼓儿岩。

⑦莽岳，指贾家湾南面的双桂山，系拱卫木门的五岳之一。双桂山似盘踞于柏树河边一条长长的青蛇，人们称之为"蛇山"。

七 律

拜父母坟茔

碧峰环绕贾家湾，
父母安眠龙虎①间。
茔上千丛青草静，
香炉两炷蜡烛燃。
叩头有泪追思远，
跪拜无声忆念绵。
万万深恩铭脑海，
清馨墨胆洒长笺。

2022 年 8 月 29 日于旺苍木门

注释：
①龙虎，指坟茔左右两边耸立的青龙山和白虎山。

XIAO
KAN
XI
YANG

七　律

踏访木门禹王宫旧址

遥忆当年梓里逢，
百名桃李正春风。
学园苦练心情爽，
校外交流友谊浓。
柳树桥头抒理想，
金鱼河畔话雷锋。
闻鸡起舞乡邻誉，
火火芳华映禹宫。

2022 年 9 月 1 日于旺苍木门

七 律

赞李冰父子

都江堰誉古今扬，
每踏宝瓶思二王。
沥血呕心操蜀盛，
披肝挂胆为国强。
李家父子多谋略，
民户粮食满谷仓。
水旱从人泽百姓，
幸福天府万年长。

2022 年 9 月 16 日于都江堰

XIAO
KAN
XI
YANG

七 绝
生 与 死

桑榆莫道总孤寥，
放旷山川愁自消。
生死轮回天注定，
壮心不已乐思曹。

2022 年 9 月 20 日于乐山

七 绝

桂 花

九秋送爽笑纷扬，
一脸金光映四方。
深院闲庭唯最爱，
风来阵阵入鼻香。

2022 年 9 月 22 日于温江

七　绝

读李开爵同学《七律·国庆游川西竹海》有感

腹有诗书气自华，
唐风宋韵乃行家。
平平淡淡大千事，
撷入笺中总绽葩。

2022 年 10 月 5 日于温江

七　律
长　念

翠木一湾春复秋，
又来梓里北关头。
斜坡深谷浅茅静，
断壁荒川长水流。
山渌甜牵年少忆，
石梯险载赤足愁。
归乡每每无眠意，
长念不知何日休？

2022 年 10 月 6 日于旺苍木门

七 律

秋 转

今日重来故地游，
山川景色满眸收。
秋烟落叶铺石径，
明月清风伴古楼。
栖凤洞天拾野趣，
岷江味水戏轻舟。
酌茗把酒说新美，
浅唱低吟送旧愁。

2022 年 10 月 8 日于崇州

七 律

秋旅崇州

霜天烂漫踏崇州，

秋意浓浓无尽头。

域廓歌中欣盛世，

田园香里醉丰收。

拜贤探古登文庙①，

逐韵抒怀访陆游②。

山秀水奇花草美，

半天劳倦半天悠。

2022 年 10 月 25 日于崇州

注释：

①文庙，四川省境内保存最完好的四座文庙之一，全国重点文物保护单位，中国西部孔子文化中心，位于崇州市罨画池南侧。

②陆游（1125—1210 年），字务观，号放翁，越州山阴（今绍兴）人，南宋文学家、史学家、爱国诗人。曾

两次出任蜀州通判。位于崇州市崇阳镇大东街南侧的陆游祠，始建于明初，是省级重点文物保护单位，也是除陆游家乡浙江绍兴外，全国仅有的纪念陆游的专祠。

七 律

又登木门五岳

又登五岳乐悠悠，
远望三江滚不休。
乡镇风光名万古，
红门①伟绩耀千秋。
闲说往世风云事，
喜阅今朝百姓楼。
此去焉知何日见，
别情荡漾总长流。

2022 年 12 月 5 日于旺苍木门

注释：

①红门，指四川省广元市旺苍县木门镇"木门军事会议会址"木门寺。

七　律

感　叹

又回故里感沧桑，
物是人非纷绪扬。
茔冢草萋思父老，
宗祠颜败忆学堂。
年轻不解青春短，
苍老方知白发长。
兄弟相逢情意厚，
千丝万缕化一觞。

2022 年 12 月 6 日于旺苍木门

七 绝

再探龙池

龙池仪态赛天仙，
大祸飞来满目残。
静默疗伤时太久，
不知何日现欢颜。

2022 年 12 月 10 日于都江堰龙池

七 绝

又咏银杏

严冬叶落娇颜尽，
多少骚人赋感伤。
待到淑节春眼笑，
转身气色赛红妆。

2022 年 12 月 25 日于大邑白岩寺

七 绝

冬 梅

霜飞雪落笑如常，
一脸红霞吻舍窗。
玉骨冰肌昂首立，
稠人尽享满冬芳。

——疫魔袭身，静卧休养。午间，冬日微暖，
一丝阳光射窗，起身凝望，见几株离娘草，色泽
艳丽，玉笑珠香，遂步出门外溜达，顿心花渐开，
既而咏之。

2022 年 12 月 30 日于温江

XIAO

KAN

XI

YANG

七 律
看 开

毕生劳碌世尘间，
一半苦愁一半欢。
利禄浮名如粪土，
英雄本色傲穹天。
善心总遇善心报，
恶念终遭恶念还。
看透万千纷扰事，
好人必种好人缘。

2022 年 12 月 31 日于温江

七 律
思 归

又回故里雨纷飞，
内助儿孙一并随。
旧友新朋桥岸等，
弟兄姐妹灶边围。
丝丝别绪洒炉火，
缕缕牵愁盛耳杯。
莫怨此生团聚少，
天涯游子总思归。

2023 年 1 月 10 日于旺苍木门

七　绝

迎 新 年

日月匆匆飞若烟，
春节又到庶民欢。
祈年望岁人心向，
共盼新福换旧天。

2023 年 1 月 21 日于温江

七 律

春节游乐山

大江浩浩水流空，
浪卷波飞两目鸿。
近岸斜坡冰碧翠，
远方峭壁暗香红。
春风乍到人声旺，
华岁初开年味浓。
踏遍青山情未老，
芳花日月绽心中。

2023 年 1 月 22 日于乐山

七　律

嘉州闲旅

嘉州旧地漫徜徉，
春日融融驱雾茫。
濛上桥边观候鸟，
三江汇处沐佛光。
老街里巷酌茗味，
餐馆私房品馔香。
熙攘人流接踵过，
山川渺渺瑞云翔。

2023 年 1 月 24 日于乐山

七　绝

又醉琼崖

曾经偏僻迁谪地，
今日逍遥大舞池。
上界神仙游此处，
满眸惊羡恨来迟？

2023 年 2 月 6 日于海口

七 绝

亚 龙 湾

月牙景致醉无涯，
起落白鸥戏海沙。
万里云天同碧色，
惹得旅雁不思家。

2023 年 2 月 7 日于三亚亚龙湾

七　绝

天涯遇故知

相逢握手长无话，
三载分别满首华。
逝水流年何苦叹，
前行自有爽心花。

　　——记得二〇一九年十月的某日，在西南茫
茫的人海中偶遇一位几十年不见的老友，三年后
的今天又在琼崖相逢，真是人海之大，地球之小。
稍后，见他又一次聊起他那纷纷扰扰的人生，此
时此刻我真不知道还说些什么……

2023 年 2 月 7 日于海口

七 绝

登蜈支洲岛

水天一色艳阳红，
浪卷波飞浩渺空。
依旧海沙唯最爱，
又牵孙小沐蜈风。

2023 年 2 月 8 日于三亚蜈支洲岛

七　律

观　海

茫茫沧海万年娇，
凡辈古稀颜早憔。
豆蔻韶华册里觅，
豪情风范酒中消。
人间向有来回路，
地府从无返转桥。
独步依亭凝目望，
心如澎湃浪滔滔。

2023 年 2 月 9 日于三亚

七 绝

解 闷

疫魔肆虐苦烦多，
闷酒杯杯满胃河。
开岁新风驱晦气，
又来沧海戏长波。

2023 年 2 月 10 日于三亚

七 律

三 亚 游

二月春纷步远方，
遛孙三亚度夕阳。
风吹浪卷拾红贝，
日照船行戏大洋。
玫谷海湾食海味，
南山椰径品椰香。
九天童叟心情美，
一半休闲一半忙。

2023 年 2 月 11 日于三亚

七　律

故园闲访

春风正月返家园，
走访宅邻探远关。
才饮亲戚私窖酒，
又食旧友大锅餐。
朱檐碧瓦农人乐，
车水马龙游客欢。
遥忆村乡昔日景，
老苍心似浪拍船。

2023 年 2 月 16 日于旺苍木门

七 绝

故 土 情

绿水青山映碧空，
登高望远满眸宏。
乡俗文脉千秋盛，
游子侬风意万重。

2023 年 2 月 17 日于旺苍木门

七 绝

闲

归隐烦忙尽洒泼，
六根清净煮闲歌。
效学斗笠蓑翁范，
揉碎心枷钓浪河。

2023 年 2 月 19 日于邛崃

七　绝

叹　惜

年寿七十自古稀，
当今百岁不称奇。
若无朋友独沉醉，
傲世于年也叹惜。

2023 年 2 月 22 日于温江

七 律

自贡二日闲游

盐城杏月盛空前，
窄巷宽街人浪翻。
灯会流连情洒洒，
恐龙探访忆绵绵。
公园古井观风物，
釜水桥头醉月弦。
暮色曦光一览尽，
神牵廿四望娘滩。

2023 年 2 月 26 日于自贡

186

七 律

十旅古临邛

天府方圆春气生，
花开鸟语又西行。
撷香刘汉文君酒，
寻味李唐黑褐茗。
石塔①欣闻红色史，
什邡②惊叹古窑名。
千秋门户千秋羡，
旅意浓浓双目盈。

2023 年 3 月 1 日于邛崃

注释：

①石塔，指石塔寺区，红军长征苏维埃政府旧址和红军长征邛崃纪念馆所在地，位于邛崃市高何镇高兴村。

②什邡，指什邡堂村，隋至宋代民间瓷窑遗址所在地（因邛崃唐至明清均属邛州，故名邛窑遗址），位于邛崃市南河乡。

2023 年 3 月 1 日于邛崃

七 律

川西揽春

川西遍处菜花黄，
田野河滩客旅忙。
溪岸漫游观灿色，
草坪仰卧沐柔光。
乡村篱苑餐乡味，
古刹亭阁揽古香。
拽住春风舒瘦体，
自然放浪少忧伤。

2023 年 3 月 2 日于崇州

七 律

又游汪家湾①

写在汪家湾花海菜花节

曾经僻静满眸荒，

今日河滩片片黄。

青少戏台歌舞奋，

红颜水岸摆拍忙。

老街人涌八方羡，

油菜花开十里香。

乡镇旅游前景好，

富民大政百年光。

2023 年 3 月 3 日于温江

注释：

①汪家湾，位于四川省成都市温江区寿安镇。是温江区打造的一处集绿化、文旅、休闲为一体的新型生态价值转化示范基地。2023 年 3 月 3 日，温江相关单位在

XIAO
KAN
XI
YANG

189

汪家湾成功举办了"自在新春花海·共享幸福河湖"花海菜花节系列活动。

俯天含夕阳

自知之明诗编

七　律

携家眷同登鼓儿岩

鼓儿岩上漫春风，
四顾茫茫葱色浓。
昔憾荒峦生野草，
今欣瑶树傲天穹。
五山三水吟圆梦，
十寨九湾歌惠农。
拔掉穷根氓庶赞，
又来感慨万千重。

2023 年 3 月 12 日于旺苍木门

七　律

登米仓山

花红柳绿正春阳，
又返家园访米仓。
望远独觉天地壮，
登高更感故乡昌。
当年父老皆成古，
今日山川俱换装。
儿伴不知何处去，
万千思忆汇一腔。

2023 年 3 月 16 日于旺苍木门

七 律

闲 话

打开心锁莫嫌迟，
快乐为先世所痴。
轻看得失烦绪逝，
淡泊名利喜情驰。
要学清友两姿态，
勿效小人一陋识。
纷扰红尘纷扰事，
浮沉大道几君知？

2023 年 3 月 18 日于都江堰

XIAO

KAN

XI

YANG

七　律

春风闲吟

退休无事满身轻，
岁月悠然遂意行。
访友探师亲故里，
莳花弄草润心灵。
翔天丈地游山水，
呷酒酌茗品世情。
静好人生休叹短，
春风正好伴闲哼。

2023 年 3 月 22 日于旺苍

194

七 律

游五凤溪古镇①

依山傍水立边峰，
小巧玲珑烟火浓。
宫庙堂观彰古味，
茶楼市井洒闲风。
五街追忆兴衰事，
四渡送迎新旧朋。
一代宗师②添异彩，
钟灵毓秀气恢宏。

2023 年 4 月 12 日于金堂

注释：

①五凤溪古镇，位于四川省成都市金堂县。因境内山极屈曲，自北而南而东，一路尖峰拔列，遥望之若冲霄之凤，其峰之尖且高者有五而得名。五条古街亦冠以金凤、青凤、玉凤、白凤、小凤名。

②一代宗师，即贺麟。

七 绝

闲 园

闲园自种数十花，
春夏秋冬各雅华。
任尔凄风狂雪扫，
灿然犹若满天霞。

2023 年 4 月 15 日于温江

七 律

闲 度

百花怒放正春天，
三线同窗又聚欢。
篱苑酌茗说往事，
言庭①把酒续今缘。
东河风雨留鸿迹，
柳岸沧桑驾远帆。
一场人生一场戏，
闲云野鹤度悠然。

2023 年 4 月 18 日于温江

注释：

① 言庭，即四川省成都市温江区言庭休闲酒店。

七 律

酒城①漫旅

劳动佳节踏酒乡，
大江两岸正春光。
乡村小镇猎乡艳，
古巷老街寻古香。
才品"李庄白肉"②味，
又食龙水③养生汤。
复来胜地寸心爽，
余韵流风名四方。

——受泸州朋友之邀，携家眷又一次踏上了
酒城这片神奇的土地……

2023 年 4 月 30 日于泸州

注释：

①酒城，指四川省泸州市，古称"江阳"，别称酒
城、江城，位于四川省东南，国家历史文化名城。

②"李庄白肉"，即地处泸州市江阳区的"李庄白肉"餐馆。

③龙水，即泸州龙湖水香度假山庄。

七 律
随 咏

韶光岁月逝如川，
谁信一朝会复还？
虽有灵丹医病痛，
却无妙计转英年。
舍得终品舍得果，
心善方结心善缘。
淡看凡尘纷扰事，
闲情逸致伴云泉。

2023 年 5 月 1 日于泸州

七 律

绵虒①游

孟夏闲来大禹乡，
岷江两岸好风光。
农庄摘采车厘子，
虒镇参观明古墙。
布谷晨鸣登玉垒，
夕晖晚照泡温汤。
遍拾羌藏野乡趣，
尽品人家美味香。

2023 年 5 月 20 日于汶川绵虒

注释：

①绵虒，即绵虒镇，隶属于四川省阿坝藏族羌族自治州汶川县。据史载，绵虒为大禹故里，历朝代汶山郡郡府所在地，藏羌回汉民族融合居住地。素有"大禹故里，西羌门户"之美誉。

七　律
游　阿　坝

夏花正艳踏阿州，
半盏欢欣半盏愁。
才见朝阳眉眼笑，
又听天地雨风流。
观光掠美步泥径，
会友约朋侃塔楼。
羌藏千千繁盛景，
只祈往后照单收。

2023 年 5 月 21 日于马尔康

七 律

游川西竹海①

夏日又奔竹海来，
满峡花伞满撑开。
泉流雾境入天际，
曲径云梯通碧怀。
孙小独欢悬索道，
老夫更喜半山台②。
放怀揽月生童趣，
万丈凉风任我裁。

2023 年 5 月 28 日于邛崃川西竹海

注释：

①川西竹海，位于四川省邛崃市平乐古镇。

②半山台，即半山休憩台。台上亭柱写有"半山半水半夕阳，半茶半酒半人生"之佳句。

XIAO
KAN
XI
YANG

七　律

笑看夕阳

答李开爵同学

一笺拙作咏心音，
笑看夕阳看古今。
平仄声中流寸意，
柳河风里叹红尘。
三杯土酒多无味，
半亩薄田少有馨。
俗子纷纭新旧事，
贬褒留给后来人。

2023 年 5 月 30 日于温江

附：李开爵同学原诗

七 律
谢自明赠《笑看夕阳》
（新韵）

午后小酣眯未眠，
蝉声断续入窗轩。
彩屏突送家乡语，
柳岸邀闻纸墨鲜。
文赋篇篇出妙笔，
珠玑字字吐娟言。
感君诚赠新书意，
笑看长天落日圆。

七 律

缘①

谁说世上总无缘？
缘分永存天地间。
昔日苦耕同校舍，
今朝归隐共田园。
胶漆会聚深情续，
鸡黍相交厚意连。
风雨沧桑风雨路，
半生友好半生绵。

2023 年 6 月 3 日于温江

注释：

①为旺苍县东凡初七三级同学及好友石莲香、杨益民、何庭远、崔昌宝、孙思安莅临温江而作。

七　律

游彭州海窝子①

炎炎仲夏踏龙门，
瞿上王国景色纷。
老巷戏楼观世相，
湔江沿岸望烟岑。
孙儿水里拾童趣，
老汉书吧翻古今。
阅尽蜀中千里秀，
闲来又叹海窝新。

2023 年 6 月 11 日于彭州

注释：

①彭州海窝子，位于四川省彭州市，是古蜀王国开
国中心之一，蜀王柏氏建都于"瞿上"，即今"海窝子"。
它以其独特的水文化、民俗文化和建筑文化而闻名于世。

XIAO
KAN
XI
YANG

七 律

又访郫县古城①

马街天下几人闻？
一半旧痕一半新。
古老文明铭卷史，
三国季汉唱风云。
唐阁宋榭诗书气，
明巷清庭巴蜀魂。
丝路兴隆多少叹，
繁荣昌盛数当今。

2023 年 6 月 19 日于郫都

注释：

①郫县古城，位于四川省成都市郫都区古城镇，因三国时期赵云、马超、魏延等蜀国大将在此屯兵牧马，故俗称马街，是成都平原多处史前城址中保存最为完好的一处古城遗址，距今已有 4000 多年的历史。

七 律

儿时伙伴秋逢柳城

故人今到柳城来，
一世沧桑情不衰。
三友曾经同社队①，
两朋正好共桌台②。
酌茗漫侃儿时梦，
把酒闲说暮岁怀。
阅尽红尘多少事，
重逢依旧喜心开。

2023 年 6 月 26 日于温江

注释：

①社队，即人民公社、生产大队的合称。
②共桌台，指当年就读同排并坐。

XIAO

KAN

XI

YANG

209

七 律

黔 西 美

傍晚清风梳乱发，
驻足赤水叹江花。
夕阳辉映黔西美，
苗寨歌飞夜色华。
昔日土司成历史，
今朝百姓颂新家。
举眸望尽炊烟处，
来往游人笑若霞。

2023 年 7 月 16 日于赤水

七 律

雨困石牛旅游小镇①

正逢酣雨滞石牛，
足不出门锁小楼。
麻将桌中消寂箭，
酸汤鱼里化烦流。
晨推窗户观天地，
夜启荧屏羡自由。
最苦孙儿无戏处，
不知漏斗几时休？

2023 年 7 月 19 日于毕节石牛旅游小镇

注释：

①石牛旅游小镇，位于贵州省毕节市百里杜鹃管理
区鹏程街道石牛社区，辖区居住着汉族、彝族、白族、
苗族、布依族、蒙古族、仡佬族等多个少数民族。2022
年，石牛社区入选贵州"第四批全省乡村旅游重点村"。

七 律

棋风牌韵

棋牌桌上转三圈，
前世今生有命缘。
掰两分斤伤体气，
宽宏大量益心尖。
输赢本是平常事，
成败乃为杯水天。
风雅方能彰伟岸，
纵横楚汉度长欢。

2023 年 7 月 20 日于温江

七 律

贵州避暑

恰逢蜀地暑嚣张，
携眷奔黔远热狼。
才到莽原游草海，
又临九洞泡冰汤。
民歌声里寻闲趣，
吊脚楼中揽雅芳。
风土人情来客赞，
不急且慢饮清凉。

2023 年 7 月 21 日于毕节

七 律

客 况

逢暑黔西山水清，
沉潜凉里满心轻。
日出原上纵骝马，
天漏窗边听雨声。
闲坐剑茗诗卷伴，
漫游旅鸟夏风行。
更甜孙女常开笑，
乐逮夕阳享晚情。

2023 年 7 月 22 日于毕节石牛旅游小镇

七　律

三来贵州

又来黔域景缤纷，
万里一眸草木欣。
辟地开天埋旧政，
建功拓业唱福音。
登峰情叹江山壮，
纵马诗吟日月新。
卅九民族齐努力，
金鞍蹄奋踏青云。

2023 年 7 月 24 日于贵阳

七　律

旅游风雨情

潇潇风雨总无休，
别院方塘度自由。
棋弈盘中遨世界，
卷读韵里醉风流。
嘀嗒音诉丝丝闷，
嘶吼声吟缕缕愁。
莫怨天公多作梗，
诗舟一叶泛闲悠。

2023 年 7 月 28 日于毕节石牛旅游小镇

七 律

念 无 涯

临别诗赠石牛旅游小镇

斜湾默立看无华，
黛瓦青砖堪旅家。
踏巷穿街餐爽籁，
盘亭坐院品兰芽。
金牛埋首思勤快，
广场放喉歌奋发。
一去不知何日见，
离人回望念无崖。

2023 年 7 月 29 日于毕节石牛旅游小镇

XIAO

KAN

XI

YANG

七　律

惊闻故旧仙游即咏

远步惊闻心绪翻，
无穷感慨浩如川。
纵横宦场度流岁，
鏖战风尘闯险关。
气盛三声八面聚，
身残半死几君牵？
神龟难获万年寿，
俗辈怎收千岁欢。

2023 年 7 月 31 日秦皇岛

218

七 律

炉城①兜风

又来正遇两重天，
半日阳光半雨喧。
轻抚柳丝吟夜景，
漫穿月影叹长川。
锅庄舞里消疲倦，
羌地②情中放乐闲。
凝目蓬莱无尽美，
万千旧貌换新颜。

2023 年 8 月 6 日于康定

注释：

①炉城，指康定，四川省甘孜藏族自治州辖县级市、
首府。位于甘孜藏族自治州东部，川藏咽喉，茶马古道
重镇，藏汉交汇中心。自古以来就是康巴藏区政治、经
济、文化、商贸、信息中心和交通枢纽，是中国西部地
区重要的历史文化名城。

②羌地，康定古称。

七　律

中秋月圆回老家

稻熟户户丰年满，
秋色浓香洒素笺。
携眷驱车回故里，
登门访旧忆先前。
亲人盛捧家乡宴，
故友忙端老酒坛。
自古东藩情似火，
佳节邀月喜团圆。

2023 年 9 月 29 日于旺苍木门

七 律

国庆节游若尔盖

天高云淡草尖黄，
万里茫茫秋气香。
牧场牛羊拍景美，
黄河落日望流长。
走街串巷庶颜灿，
纵马掠风羌藏昌。
若尕绿洲心向往，
一腔旅兴洒诗行。

2023 年 10 月 1 日于若尔盖

七　律

扎尕那

天荒地老傲苍穹，
细雨霏霏仙影朦。
涌翠藏娇惊世代，
流芳吐艳醉长风。
山神点染江峰壮，
唐宋经营商旅隆。
更喜今身披锦绣，
惜别依旧念千重。

2023 年 10 月 2 日于迭部

222

七 律

花水湾①

故旧邀游花水湾，
方圆景物驻心田。
西山横雪梅香醉②，
出浪拂琴月色甜③。
天府奇汤滋气体，
渔家美味辣舌尖。
老年同乐又相会，
举盏高歌侪辈缘。

2023 年 11 月 12 日于大邑

注释：

①花水湾，位于四川省大邑县西部，是成都首个纯度假性质小镇，其"古海水温泉"闻名避迹，被誉为"天府奇汤"。

②西山，指西岭雪山。

③出浪，即出江浪波。

XIAO
KAN
XI
YANG

编　后

自去年十月出版《笑看夕阳》(诗与感言)后，又对之前的旧作和近一年来的新作进行了整理、修改，汇集成这本《笑看夕阳·自知之明诗编》。经过各方共同努力，终于付梓问世。

在此，特别感谢林目清老师为本书作序，特别感谢世界华人杰出艺术家、中国书法家协会会员黄涛老先生为本书题写书名，特别感谢四川悟阅文化传播有限公司、各位工作人员为本书的编辑出版所付出的辛勤劳动，特别感谢同窗诗友李开爵同学在本书的编辑、校对过程中所给予的支持和帮助。

本作品基本按照中华新韵写作而成。

因作者水平所限，书中难免存在疏漏与舛误，还望读者见谅并指正！

杨自明

2023 年 11 月 16 日于温江

XIAO

KAN

XI

YANG